Compatible with

The 9th Age™

Impressum

Geschrieben vom T9A Team

Herausgegeben von FlorianGressConsulting, Rosenweg 24, 93053 Regensburg, Deutschland

Gedruckt von Amazon Media EU S.à r.l., 5 Rue Plaetis, L-2338, Luxembourg

ISBN: 978-3-98807-000-5

Am RANDE des ABGRUNDS

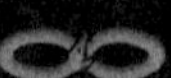

THE IX AGE

FANTASY BATTLES

THE IX AGE
FANTASY BATTLES

Am RANDE des ABGRUNDS

Am Rande des Abgrunds (953 A.S.)

Ein verbotener Text, der in den verrufeneren
Bibliotheken von Vetia umgeht

Autor
Edward Murdoch

Lektorat (Englisch)
John Wallis, Joël Fivat, Evan Switzer,
Bekrentchir Mohamed

Illustrationen
Matti Pajuniemi (pg 6)
David Way (pg 4, 12, 15, 23)
Paweł Jakub Górecki (pg 9, 10, 17, 19, 20)
Casp & Rotten Factory

Übersetzung
Andreas Bühler

Lektorat (Deutsch)
Marc Beck

Layout
David Way, Kacper Bucki

25 November 2022

I

Nazario Calegari kommt an den Toren der Hölle an

Ich erwachte aus einer Fugue und fand mich in einem düsteren und verdrehten Land aus Stein wieder, unter einem Himmel an dem sich natürlichen und unnatürlichen Farbschattierungen wie in einem Kaleidoskop umherwirbelten, sich trennten und wieder vermischten. Ich erhob mich und stolperte vorwärts, auf der Suche nach einem Pfad durch die Felszacken, zwischen denen ich erwacht war. Hinter mir ertönte ein Grollen, das mir das Blut in den Adern gefrieren ließ - falls an diesem Ort überhaupt noch Blut durch meinen Körper floss. Als ich mich umdrehte, erblickte ich einen beängstigend großen Hund mit drei Köpfen. Seine glühenden Augen waren auf mich fixiert, als er sich über den Pfad erhob, der in mein vergangenes Leben zurück führte.

Da ich jeden Moment einen Angriff erwartete, stolperte ich voran. Keuchend und nach Luft ringend erklomm ich Grat um Grat um mich von dem Untier zu entfernen. In diesem Zustand fand mein Mentor mich. Unerschütterlich stand er da, eingeschlossen in den mächtigen Stahl der Krieger, geziert mit einem grünen Umhang und den Siegeln von Kuulima. Sein Gesicht, ansehnlich aber mit einem bitteren Zug, kam mir bekannt vor, doch hätte ich nicht sagen können, woher dieses Wissen kam. Ich dankte ihm mit dem Eifer eines Bruders.

"Gnädiger Herr, wer seid ihr, dass Ihr mir Unheil erspart und Euch mir anschließt um mit mir die Last dieses verwüsteten Landes zu teilen, in das ich gekommen bin, aber das ich nicht verlassen kann?"

Für einen langen Moment blickte er mich wortlos an, bevor er eine Antwort aussprach. Vielleicht beurteilte er meine Würdigkeit, oder dachte über den Trieb nach, der ihn dazu brachte, mir zu helfen. Er sprach, mehr zu sich selbst:

"Du kannst nicht so kläglich sein, wie du scheinst, denn den Schwachen im Geiste ist es nicht erlaubt, diesen Ort zu betreten, der der Bann allen Fleisches ist. Sammle deine Kräfte und fasse Mut, wenn du diese Reise überleben willst. Nur wenige haben dies je geschafft. Was meinen Namen anbelangt - dieser wurde seit Jahrhunderten nicht ausgesprochen, außer von jenen, die ihn mit Zungen von Säure peitschen würden. Nenne mich Verräter, ich wähle selbst die Ketten, die sie mir auferzwingen würden. Komm."

Mit diesen Worten schritt er davon - oder schien zumindest zu schreiten. Ich wusste, dass dies ein Unsterbliches Reich sein musste, und dass es sich an meine Gedanken und Absichten anpasste, so dass es von einem Ort zum anderen floss. Ich folgte dem Verräter so gut ich konnte. Rund um mich her, in weiter Ferne und doch klar, glitzerten andere Sphären in der wirbelnden Leere. Für einen Augenblick sah ich den heiligen Forst einer elfischen Gottheit, und die mächtige Steinfeste eines Gottes der Zwerge. Sie verschwanden so schnell, wie sie gekommen waren und mir wurde klar, dass dieser Ort an dem ich stand nur einer von vielen war, den tausenden Sphären eines einzigen Reiches.

Nach Stunden - oder Augenblicken - kamen wir an den Ufern eines mächtigen Stromes an. Ich wusste, dass jeder seinen eigenen Weg in die jenseitigen Lande sieht. Für mich war es ein tiefer, dunkler Fluss, dessen Wirbel und Wellen nicht die Geräusche von plätscherndem Wasser, sondern von stöhnenden Seelen erzeugten.

An den Ufern, ein Stück Flussaufwärts, erspähte ich ein riesiges Lager, das zehn- oder hunderttausende beherbergen musste. Ich hatte keine Gelegenheit, diese schäbige Stadt im Detail zu studieren, aber ich sah eine große Vielfalt von Menschen und anderen Rassen, die ihren Geschäften nachgingen. Viele trugen die Tracht von Makharen, von Åskländern, von aller Art von Stammesvölkern, bei denen die Anbetung der Dunklen Götter verbreitet ist. Es scheint, dass jene, die die dunklen Götter anbeten, ihr Leben nach dem Tod vor den Toren der Hölle finden.

. Im Gegensatz dazu waren die Orte, die ich jenseits des Flusses erblicken würde, die Domäne jener, die ihre Seelen verkauft hatten und einen formalen Pakt mit einem der Sieben eingingen um Macht in ihrem sterblichen Leben zu erhalten.

Ein Umriss erschien in der Mitte des Flusses: ein Boot, das langsam, aber unaufhaltsam in Richtung unseres Ufers gestakt wurde. Der Fährmann selbst war ein Rätsel. In einem Moment war er ein roher Unhold, der das Boot lenkte, dann eine sich windende Masse, die in alle Richtungen blickte. Schlussendlich nahm sie die Form einer Gestalt in einem Umhang an, still und verhüllt. Das Boot hielt in unserer Nähe; der Fährmann der Wächter des Eingangs zu dem jenseitigen Land.

Und was für ein ein Land! Jenseits des anderen Ufers, in Dimensionen, die ich nicht verstehen und erst recht nicht beschreiben kann, waren Sieben Ringe, die sich über, unter, zwischen und durch einander durch bewegten. Wie im Trick eines Gauklers wechselten die Ringe ihre Position, zur Oberfläche steigend oder in die ferne Tiefe sinkend. Und unter all dieser chaotischen Bewegung pochte eine fundamentalere Kraft, eine Ausstrahlung von Stärke und eine habgierige Leere zugleich. Jeder Kreis schien sich nach unten zu jener Kraft zu bewegen, nur um von einem anderen weggestoßen zu werden.

Endlich wurde mir meine Lage klar. Als er sah, wie mir die Erkenntnis dämmerte, grinste der Verräter in süffisanter Anerkennung.

"Gewiss, nur wenigen Sterblichen wird je angeboten, die Pfade der Hölle zu beschreiten. Mit Glück wirst du sie auch wieder mit mir verlassen können. Nun, lasset uns fortfahren. Der Vater und die Sieben sind nicht geduldig und du stehst an ihren Toren."

Mit diesen Worten trat er in das Boot. Ich stählte mich in dem Glauben, dass diese Reise ein Zeichen der Gunst einer höheren Macht war. Denn wie sonst hätte ich in dieses Land kommen können, ohne von diesem Hochofen purer Magie ausgelöscht zu werden?

Das Boot glitt lautlos in das schwarze Wasser und die veränderlichen Kreise des Abgrunds kamen immer näher.

II

Stumpfes Gold, Bettinis Verderben

Als ich Sugulags Kreis betrat, klimperte und knirschte der Boden unter meinen Füßen mit den metallischen Geräuschen der Münzen, die jede Oberfläche bedeckten. Die Währungen aller Nationen bedeckten jenen Ort, geschmückt mit den Ebenbildern lange verstorbener Monarchen, und vielleicht solcher, die erst noch geboren werden würden. Doch waren sie nicht einfach tote Materie: die Gesichter grinsten oder schrien, lachten hämisch oder weinten, bis es mich davor graute, einen weiteren Schritt zu wagen.

Ohne Belang gegenüber solchen Bedenken drängte mein Mentor voran und ich folgte widerwillig. Ich erschauderte, als ich die gedämpften Schreie unter meinen Füßen hörte, sicher, dass jeder eine weitere sterbliche Seele war, die gezwungen war, dem großen Sammler zu dienen.

Endlich kamen wir an einen Ort, wo Seelen in Menschengestalt pausenlos schufteten. Sie schoben und schleppten schwere Lasten, die weder Wert noch Ziel zu haben schienen. Manche waren nackt, beraubt ihrer Würde wie auch ihrer Kleidung, doch andere trugen die Überreste der Gewänder, die sie in ihrem Leben trugen. Zu meiner Überraschung erkannte ich das Gesicht einer der Gestalten neben mir, gewandet in klerikale Roben.

"Alessandro Bettini!", rief ich. "Mein alter Freund. Welch Unglück hat dich an diesen Ort gebracht? Ich kannte deine Familie als eine der frommsten in ganz Pontefreddo. Nie hätte ich mir vorstellen können, dass du den dunklen Göttern folgst!"

Mein ehemaliger Kamerad und Vertrauter richtete einen ungläubigen Blick auf mich, aber hörte für keinen Augenblick mit seiner zermürbenden Arbeit auf.

"Nazario! Wie kommst du an diesen düsteren Ort, ohne Ketten oder Lasten zu tragen? Nein, du bist realer als alle Geister dieses Ortes. Höre nun meine Geschichte, so dass deine Seele sich nicht in in diesem Morast wiederfinden möge!"

"Unsere schöne Stadt war in eine harte Lage gekommen, denn wir litten unter der schlimmsten Ernte seit Menschengedenken. Meine Familie war auf Getreide für unsere Einnahmen und unseren Stand angewiesen. Und durch diese Verluste fiel es mir zu, den Namen Bettini vor den Schakalen zu verteidigen, die ihn in den Schmutz ziehen wollten. Die Berufung in Kirchenämter ist von großen Wert für jene, die schnell aufsteigen wollen, und ich konnte viele Ambitionen erfüllen... für einen angemessenen Preis."

Als er über Reichtum und Gewinn sprach, schien Alessandro kurz davor, in Freude auszubrechen. Doch solche Gefühle konnten in jener Umgebung nicht bestehen und seine Last schien sich zu verdreifachen, so dass die Mühen meines Freundes sie kaum bewegen konnten. Trotzdem unterbrach er seine Arbeit nicht - wahrscheinlich war er dazu nicht in der Lage.

"Als die Ältesten von meinen Taten hörten, vollführten sie große Rachetaten, umso gnadenloser deswegen, dass sie vertuschen mussten, wie viele von ihnen an denselben Taten teilhatten. Mir drohte die Hinrichtung, doch ein Abgesandter Sugulags bot mir einen Pfad zur Erlösung. Sollte ich einen Eid schwören, meine Ketten abwerfen und die Stadt gegen die Schurken aufbringen, die sie beherrschten, so würde mir immerwährender Ruhm zu Teil werden."

Endlich stürzte der einstige Bischof unter seinen Lasten, weinend und noch immer vorankriechend. Ich wandte mich ab und schloss mich wieder meinem Mentor an, auf einem Pfad zwischen eisenbeschlagenen Kisten, jede geziert mit rostigen Zähne und blutbeschmiert. Auf meine Anfrage erzählte mein Mentor Bettinis Schicksal:

"Eine pfeilschnelle Rebellion, und blutig. Er tat gut daran, so viele zu bekehren, genug um Pontefreddo bis in seine Grundfesten zu erschüttern. Aber zuletzt fehlte ihm die Überzeugung, seine Position auszunutzen und die Stadt zu schleifen. Kleinliche Begierden können das Auge unserer Dunklen Herren nicht halten. Wer befriedigt ist von einer Stadt, einer Familie, der zeigt sich mittelmäßig und unbedeutend. Bettini war nichts als ein erbärmliches Tier, am Ende.

Ich nickte ernst und verstand, dass die Exkommunikation durch die Kirche nur ein kleines Anliegen war, verglichen mit dem Schicksal, das jene erwartete, die die dunklen Götter enttäuschten. Hier, an diesem Ort von Chaos und Wandel kam das Verhängnis in Formen, die allen sterblichen Worten trotzen.

Da er seine Lektion beendet hatte, führte mich der Verräter an den Rand des Kreises, durch eine niedrige Pforte bedeckt mit Visionen aller weltlichen Güter, die jene aufgegeben hatten, die sie durchschritten hatten und in die Leere zurückkehrten. Nach einem Moment der Überlegung nahm ich meine Amtskette ab und hing sie an die Pforte. Mein Mentor nahm einen... eigenwilligeren Weg und schnitt sich mit einer Klinge über die Handfläche. Mit einem wölfischen Grinsen in meine Richtung ließ er einige Blutstropfen auf den Boden fallen und schritt durch das Portal.

III

Unbefriedigter Appetit, Vertraute Geschmäcker

Faulig-braune Wolken kreisten über meinem Kopf, als ich Akaans Zirkel betrat. Ich spürte Feuchtigkeit in der Luft, als ein schrecklicher Regen aus schwarzer, zäher Flüssigkeit aus dem Miasma tropfte und den Boden befleckte. Für eine Weile suchten wir unter einem Felsvorsprung Schutz, und ich sah eine Landschaft, zernarbt und leergefegt von öligen Fluten. Ich wusste, dass nur meine Bestimmung mich davor bewahrte, ein ähnliches Schicksal zu teilen.

Es war offensichtlich, dass diese Sintflut nicht bald, oder jemals, nachlassen würde. So brachen wir in den Sturm auf um diese öde und hungrige Landschaft zu durchqueren, bis wir an den Eingang eines mächtigen Tals kamen. Scharfe Gipfel säumten seinen Rand, und für einen Moment verschwamm meine Sicht und ich glaubte, einen riesigen, hungrigen Schlund zu sehen, der bereit war, die Welt zu verschlingen. Ich blinzelte und sah dann wieder nur Stein und Erde, doch zitterte ich bei dem Gedanken, weiterzugehen.

Nach wenigen Schritten in den Schatten der Schlucht, wurde ich mit Echos konfrontiert, die lauter und lauter wurden. Zuerst waren die Geräusche unklar und bedrohlich, aber bald konnte ich das Schmatzen und Schlürfen unzähliger Kehlen hören. Wir umrundeten eine Ecke und ich sah ein verstörend aussehendes Rudel Monster.

Oft werden sie die Pestfliegen genannt. Ich habe diese Wesen auch in unserer Welt beobachtet, die fetten Gestalten mit hauchdünnen Flügeln, schwebend auf eine groteske Art, die der Schwerkraft zu trotzen scheint. Sie attackieren und verschlingen jedes Lebewesen, mit mehr Mäulern, als eine einzelne Kreatur je haben sollte. Ihr Antlitz ist so abscheulich, dass sogar die besten Duellanten, die ich je sah bei ihrem Anblick zögerten. Und wenn sie dann endlich das Grauen überwanden und zuschlugen, wurden sie von den tödlichen Ausscheidungen ihrer Wunden niedergestreckt.

Hier, in den Unsterblichen Reichen, war ihre Physiologie noch beunruhigender anzusehen. Jeder Augenblick brachte neue Mäuler oder eine weitere Reihe Zähne, während sie sich auf unnatürlichen Beinen fortbewegten, auf glitschigen Schwänzen oder einfach durch die Luft schwebten, wie ein Luftschiff, das vollständig aus reißzahnbewerten Kiefern bestand.

Ein Rascheln hinter mir zog meinen Blick zurück auf den Verräter, der seelenruhig in einen Sack fasste und Klumpen von blutigem Fleisch hervor zog. Mit einer abfälligen Bewegung warf er sie auf eine Seite der Schucht und führte mich an der anderen entlang. Als wir in weitem Bogen um die Bestien herum gingen, erklärte er:

"Die meisten Dämonen können Materie aus deiner Welt nicht verzehren, genauso wie du keine pure Magie verschlingen kannst. Auf jeden Fall nicht ohne den Schutz der Meister. Aber jene, die Akaan dienen, sind nicht wie die anderen. Sterbliche Waffen können sie immer noch verletzen, aber sie hungern für die Welt, die der Verschlinger absorbieren will."

Er grinste mir zu, mit einem grausamen Glitzern in seinen Augen.

"Deine leibliche Gestalt wäre ein ziemliches Fest gewesen, wenn dein Schicksal dich nicht beschützt hätte. Trotzdem, am besten testet man ihren Appetit nicht, man kann nie wissen, wie weit ihre Ergebenheit reicht."

Wir gingen schweigend eine Weile weiter und das Tal wurde dunkler als der Himmel über uns zu einem schmalen Streifen kränklichen Lichts zusammenschrumpfte. Aus der Dunkelheit kamen

weitere Fressgeräusche; das abstoßende Zerkauen von Fleisch zwischen stumpfen Zähnen. Als wir den Geräuschen folgten, sahen wir ihren Ursprung: düstere Gestalten, jede mit einem Klumpen Fleisch. Keine von ihnen erwiderte meinen Blick, oder sah auch nur vom Boden auf, als sie ihrem schrecklichen Auftrag nachgingen.

Nur eine der Gestalten regte sich. Sie stolperte an uns vorbei, um ihr unheiliges Mahl zu erreichen: eine menschliche Form. Große Stücke waren aus ihr herausgerissen, aber schienen ständig nachzuwachsen während sie in unendlichem Elend verschlungen wurde. Als ich endlich ihr Gesicht sehen konnte, wurde mir der wahre Schrecken ihrer Situation bewusst: der Körper, den sie verspeiste, sah ihrem eigenen unheimlich ähnlich, ein Familienmitglied, eine Tochter. Tränen strömten über ihr Gesicht, und meine eigenen Augen füllten sich. Ich zog mich vor dieser schrecklichen Szene zurück und stolperte tiefer in das Tal um diesem fürchterlichen Ort zu entkommen - verfolgt vom leisen Lachen des Verräters.

IV

Ein Einsamer Wald, der Verräter träumt

Die Zeit streckte sich endlos aus als ich den Kreis Nukujas betrat, als ob die Luft selbst geronnen wäre. Lethargie erfüllte mich, eine tiefe Kälte in meinen Knochen, bis ich unter dem Gewicht meiner Teilnahmslosigkeit zusammensackte. Sogar der Verräter, der sonst so selbstsicher wirkte, schien zu zögern und zu stocken unter dieser schrecklichen Last.

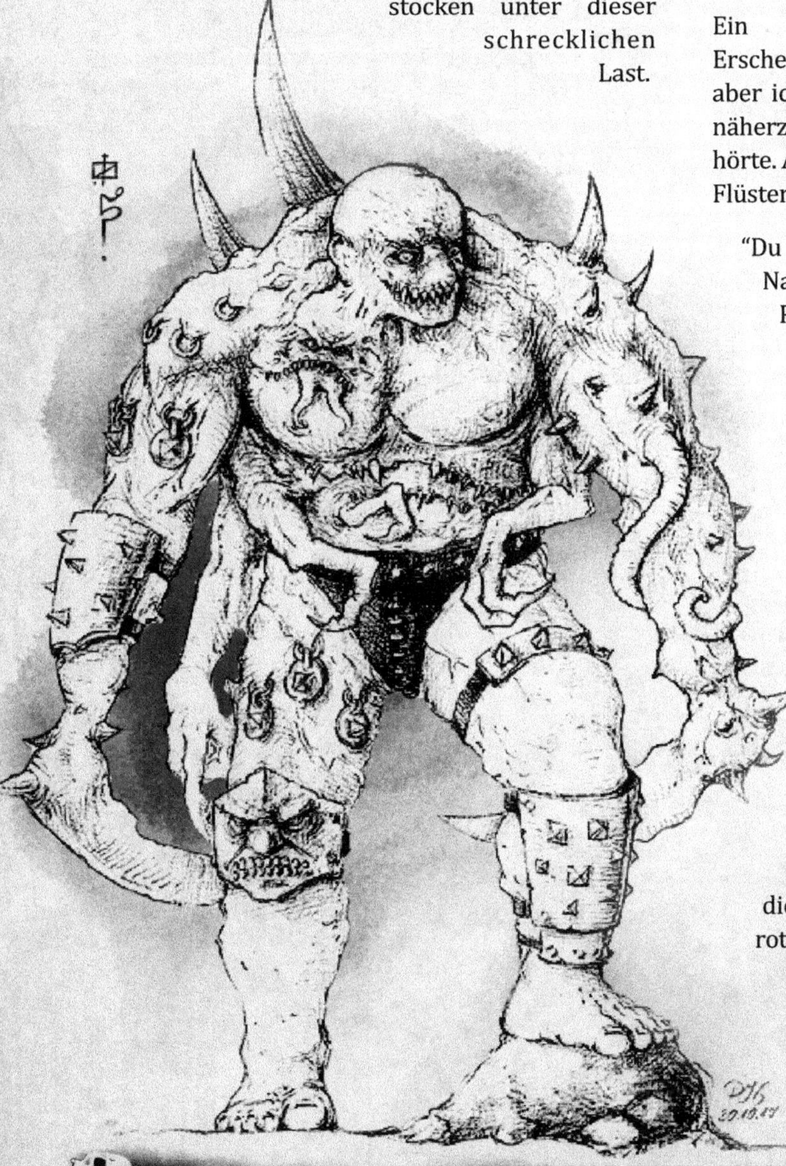

Vor uns tauchte die Quelle unserer Trieblosigkeit aus der Düsternis auf. Bäume in tausend verschiedenen Formen waren über die Landschaft verstreut. Die Stämme waren verkrüppelt, die Äste knorrig und die Knoten und Aushöhlungen erweckten den Eindruck von schmerzverzerrten Gesichtern.

Ein knarrendes Stöhnen einer dieser Erscheinungen erweckte meine Aufmerksamkeit, aber ich konnte nicht genug Energie aufbringen, näherzutreten, bis ich meinen eigenen Namen hörte. Als ich mich näherte, hörte ich ein trockenes Flüstern, wie das knistern absterbender Blätter.

"Du kennst mich nicht, aber ich kenne dich, Nazario Calegari, Erlauchter Meister von Pontefreddo. Dich erwartete ein großartiges Schicksal seit deinem ersten Atemzug, aber ich war nur ein bescheidener Bürger jener prächtigen Stadt, vor langer, langer Zeit. Nun kokettierst du mit dem Vater, der deine Gaben für sich selbst will, so dass du die Pracht und Herrlichkeit seiner Sieben weit verbreiten mögest. Du bist nun in Seiner Hand."

"Nimm dich in Acht, Calegari, dass du den richtigen Weg begehst! Wähle falsch und Vater Chaos' Mantel wird von deinen Schultern fallen! Und jene, die in seiner Gegenwart schreiten, finden selten Tröstung in der Kälte. Willst du der Katastrophe entgehen, erinnere dich an dies, in kommenden Jahren. Wenn der Mond rot glüht, wenn Hörner schallen und die Erde bebt, treibe alle gen Westen und begegne der elfischen Bedrohung, bevor das Ritual abgeschlossen ist."

Und dann, in einem Wispern, wie ein Windhauch:

"Vertraue nicht dem Verräter. Sein Name ist wohlverdient. Er sucht den Segen des Vaters, und wird nur loyal sein, solange es seinen Zielen dient. Seiner Ehrlichkeit zu vertrauen ist mit dem Untergang zu spielen. Seine Herrin entdeckte dies einst, und dies kam sie teuer zu stehen. Achte dich, unser Kerkermeister kommt!"

Und mit diesen Worten verstummte der Baum. Ich wandte mich ab und sah einen anderen, größer und bedrohlicher als alle anderen in jenem Dickicht. Er ragte bedrohlich über den Verräter und mich auf, unbeweglich, aber ich war sicher, dass er vor einem Augenblick noch nicht dagewesen war. Später würde ich den Hoffnungsernter in jener Form erblicken, die sie in unserer Welt annehmen. Sie erscheinen immer langsam, aber in ihrer Nähe zu sein heißt, Kopf und Kragen zu riskieren. Die Ernter entziehen ihren Opfer erst die Energie, dann das Leben.

Endlich angestachelt zu handeln, zog ich den vor sich hinträumenden Verräter weg von jenem trostlosen Wald. Als wir an den Rand jenes unverschämten Ortes kamen, umrundeten wir eine Ebene aus glühend heißem Sand, wo die Seelen der verdammten endlos im Kreis liefen. Nichts konnte sie von ihren brennenden Schmerzen ablenken, als weiterzugehen.

Der Verräter murmelte einen widerwilligen Dank für meine Hilfe in unserer Flucht vor dem Ernter. Ich frage ihn, welche Träume ihn so in ihren Bann gezogen hatten, dass er unsere Reise durch die Unterwelt beinahe vergessen hätte.

"Eine andere Zeit, ein anderer Ort. Mein Heimatland hat sich enorm verändert seit ich dort lebte. Zu lange her. Aber Kuulima hat mir die Ausdauer gegeben um auszuharren, bis meine Arbeit Früchte trägt. Jene, die meinen Namen verfluchten und mein Vermächtnis verachteten werden lernen, wie närrisch ihre Taten waren."

Er schüttelte seine Träume ab und zusammen schritten wir tiefer in die Leere. Für einen kurzen Moment erinnerte ich mich an die Warnungen über meinen Gefährten, aber ich fühlte mich zunehmend mit dem schweigsamen Krieger der Eifersucht verbunden."

V

Vergnügen des Verräters, Einheit und Teilung

Der Kreis Kuulimas war eine endlose Ansammlung aus Ikonen und Abbildern. Ich erblickte Abbildungen von Relikten von vetischen Religionen unserer Zeit neben Artefakten von Pantheons, die lange tot und begraben waren. Banner und Statuen aller Nationen zierten die Architektur von dutzenden von Kulturen. Es erinnerte mich an ein Museum in Sonnstahl, voll mit den Errungenschaften von tausenden von Zivilisationen. Oder vielleicht das Haus eines reichen Kaufmannes, ausgestattet für pures Spektakel ohne Sinn für Eleganz.

Der Weg vorwärts führte über eine vergoldete Brücke, umgeben von Sockeln, auf denen Helme in allen möglichen Formen ausgestellt waren. .eder gespalten von einem Hieb, der den Träger garantiert getötet hätte, ob er nun Elf, Mensch, Zwerg, Ork oder etwas anderes war. Unter der glitzernden Brücke floss ein Fluss aus einer sattgrünen, kränklich wirkenden Flüssigkeit. Es war sicherlich kein echtes Wasser, so wie jener Bach blubberte und zischte.

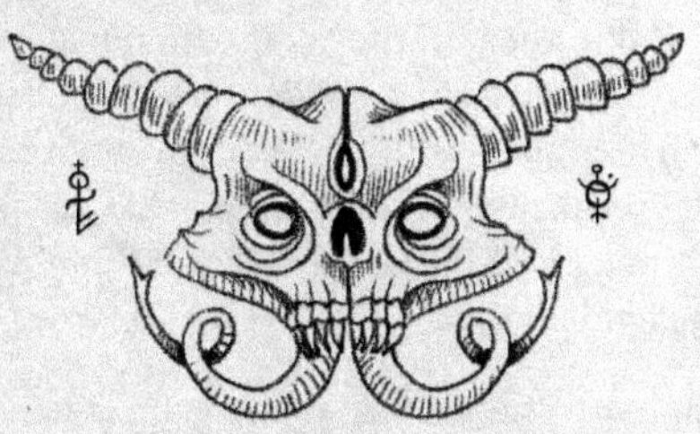

Als wir den Anfang des Bogens erreichten, sahen wir uns mit einer Horde zwitschernder Dämonen konfrontiert, die unter der Brücke hervorkletterten und uns knurrend den Weg versperrten. Ihre Gestalt änderte sich von Augenblick zu Augenblick, doch reflektierte sie stets einen Teil meines Aussehen: die Roben, die ich diesen Morgen getragen hatte, die Duftkugel aus Bronze, den der Gelehrte Wesin mir geschenkt hatte, die robusten Stiefel, die ich vor vielen Jahren auf Anraten eines Kavallerieoffiziers gekauft hatte.

Dies waren keine großen Dämonen. Ihr Aussehen änderte sich ständig, was auf einen Mangel an Willenskraft hindeutete. Sie plapperten vor sich hin und blösten ihre Zähne in unsere Richtung, so dass ihre Feindseligkeit klar zu erkennen war. Aber ihre Aufmerksamkeit war klar auf meinen Mentor konzentriert und ihr Blick ließ nie von ihm ab. Er verzog spöttisch die Lippen als er auf diese niederen Kreaturen hinunterblickte, die seinen Pfad versperrten - als ob er sie einfach in den Boden stampfen würde, falls sie ihm nicht auswichen.

In einer Welle, die in den hinteren Rängen der Meute begann, fixierte sich ihr Aussehen plötzlich und sie wurden zu winzigen Soldaten von beinahe humanoider Gestalt, mit Haut aus gleißendem Silber. Wie ein Fischschwarm bei der Annäherung eines Raubtiers stoben sie in alle Richtungen und verschwanden. An ihrer Stelle stand ein Wesen von beunruhigendem Anblick: ein vergoldeter destrischer Kürass zusammen mit einem gleißenden qassarischen Schild, geziert von der Heraldik Kuulimas. Ein Helm wie der der hochgeborenen Elfen war gekrönt von einem Busch weißer Haare, der bis zum ziselierten Kehlstück reichte.

Der Dämon selbst schien beinahe menschlich, aber kein Mensch hatte je solche Proportionen, außer in den Albträumen eines Bildhauers. Sein Kopf schien übergroß, mit übertriebenen Zügen sowie Augen, die brannten wie Fackeln und einen scharfzähnigen Grinsen, dass sich weiter streckte als hätte möglich sein sollen. Seine Haut war gleißendes Silber und glitt über seltsame Muskeln, die direkt in die Rüstung überzugehen schienen. Sogar die Waffe, die er trug - ein Sonnstahler Zweihänder von beinahe absurder Länge - schien wie ein Auswuchs seines Körpers. Alle diese zusammengewürfelten Elemente hätten lächerlich und chimärisch wirken sollen, aber ich war überwältigt von einem Eindruck gebieterischer Ehrfurcht.

Hier zeigte sich kein Schimmer des Zögerns der kleineren Wesen. Dieser Dämon war souverän und unbeirrt. Er stand auf der Brücke mit absoluter Selbstsicherheit, sein Schwert gleichgültig auf den Boden gestützt. Nur die Gefühlstiefe seiner Augen widerlegten die Trägheit seiner Haltung. Ich fühlte mich absolut unwesentlich in dieser Situation, als mein Gefährte sich unter einem forschenden Blick sträubte. Der Augenblick zog sich in die Länge und die Luft schien vor Energie zu knistern als beide Parteien fast unmerklich ihre Muskeln spielen ließen und ihre Waffen umklammerten.

Die Spannung verflog als beide beinahe gleichzeitig nickten und miteinander sprachen:

"Verräter."

"Täuscher."

Als ob das alles gewesen war, das gesagt werden musste, schritt der Täuscher von der Brücke und entspannte sich. Der Weg vorwärts war frei. Als wir näher kamen, sah ich mehr Details: die gesamte Palette von Verzierungen, die die bizarre Form zierten. Zupackende Hände waren gekreuzt mit Siegeln und Wappen. Das häufigste Motiv war das einer dämonischen Fliege. Wir überquerten die Brücke in Stille und viel Zeit verging, bis ich mich getraute, das Schweigen jenes Ortes zu brechen.

"Ihr dient denselben Meistern wie die Bewohner dieser Ebene, falls ich mich nicht schwer täusche. Und doch gab es keinen Anschein von Vertrautheit zwischen dem Wächter auf der Brücke und Euch. Sind Dämonen nicht die Verbündeten der Krieger?"

Ein langer Moment des Nachdenkens verging, bis ich eine Antwort erhielt, während wir an einem Kreis von Gebäuden vorbeigingen. Jede Fassade jedes Gebäudes schien einen anderen Architekturstil widerzuspiegeln, ein Wirrwarr an Widersprüchen, das jeden Moment einzubrechen drohte.

"Du stellst Fragen ohne einfache Antworten, doch ist es angemessen, dass du verstehst. Du weißt, welchen Wert jene, welche die dunklen Götter vorziehen, auf persönliche Freiheit legen. Es ist wohlbekannt, und der Grund warum die Krieger immer einen fruchtbaren Boden finden werden unter jenen, die unterdrückt und ausgebeutet sind. Unter den Dämonen scheint es, dass Autonomie eine hohe Errungenschaft ist, oder vielleicht eine Belohnung für die Begünstigten."

"Andererseits erwarten und verdienen Krieger solche Freiheiten von ihrem Schwur an, von den ersten Schritten auf den Pfaden, während viele Dämonen solche Freiheit nie erleben werden. Und gleichzeitig haben Dämonen das, wonach die Krieger streben: Unsterblichkeit und einen Platz an der Seite der Götter. Diese Konflikte sorgen für Verdruss."

Der Verräter überlegte lange, bevor er fortfuhr:

"Aber ich diene dem selben Meister wie der Täuscher. Es gibt Gemeinsamkeiten in unserer Wesensart. Wir können uns als Kämpfer für die gleichen Ziele in den Sterblichen Landen finden. Ich respektiere ihr Können. Ich weiß, dass wenn wir uns bekämpfen würden, er den besten Aspekt meines Charakters finden und gegen mich einsetzen würde. Und je mächtiger ich bin, desto mächtiger wird er. Ein solches Wesen ist Anerkennung wert."

Wir fuhren in nachdenklicher Stille fort, bis wir endlich den seltsamsten Anblick erblickten, den ich auf meinen Reisen erlebt hatte. Es dauerte lange, bis ich verarbeitet hatte, was ich vor mir sah: seltsam gegabelte Formen wurden zu den Umrissen von Menschen, der Länge nach gespalten wie von einer mächtigen Axt.

Doch dies waren keine Leichen, die als Krähenfutter liegengelassen worden waren. Augen blinzelten in jeder Hälfte der Körper, Lippen bewegten sich, scheinbar meinen Namen bildend. Ich schritt näher und versuchte, all die Eingeweide zu ignorieren, die aus der schrecklichen Wunde hingen. Ein krächzendes Flüstern drang an meine Ohren durch das blubbern von hervorquellendem Blut.

"Hüte dich… vor jenen, die Uneinigkeit im Leben sähen… hier werden ihre Sünden sie heimsuchen… hätte ich doch niemals… daran gedacht, Streit zwischen Brüdern zu stiften … verlasse mich nun… aber vergiss nicht… wir leben in der Hölle, die wir selbst erschaffen."

Schaudernd ließ ich die arme Seele hinter mir, aber wandte wieder einen forschenden Blick dem Verräter zu und wunderte mich, was ihn dazu bewogen hatte, seine Seele Kuulima zu verschwören. Erst am Ende unserer Reise sollte ich mehr über meinen geheimnisvollen Mentor herausfinden.

VI

Ruhmes' Ende, der See aus Blut, auf Geschichte zählen

Gold und Pracht. Silver und Prunk. Juwelen und Jubel. Es schien, dass alle Herrlichkeit der Schöpfung im Kreis Savars zur Schau gestellt war. Eine Auslage, die Ehrfurcht in allen auslöst, die sie sehen. Doch trotz all der imposanten Majestät entstand ein Eindruck jenseits jedes normalen Thronraums oder jeder Schatzkammer. Statt zur Schau zu stellen, war das Ziel zu überwältigen, den Bittsteller in Überlegenheit zu ertränken, ihm seine Bedeutungslosigkeit vor Augen zu führen, aber in ihm auch ein Verlangen nach einem Teil des gleichen Ansehens auszulösen.

Mit der Zeit, so wie die Augen sich an die schwärzeste Nacht anpassen können, fielen mir mehr Details auf, die ich zuerst übersehen hatte. Die Insignien keines Palastes können das Elend veranschaulichen, das ihre Anhäufung ausgelöst hatte. Blut befleckte viele der Edelsteine, Fahnen waren als Trophäen von gefällten Feinden gerissen worden, Waffen und Rüstungen waren von schrecklichen Hieben gespalten worden. Dies war kein verdienter Stolz, sondern Stolz, der mit Gewalt einer schwachen Welt aufgezwungen wurde.

Die Dämonen spiegelten das Gebaren ihres Meisters wider, nicht weniger hochnäsig als ich erwartet hätte. Unsere Gegenwart wahrzunehmen war unter ihrer Würde, als wir ihr Reich durchquerten. Wir waren bloß Insekten auf dem Rücken einer gleichgültigen Bestie. Und, anders als viele andere Wesen, denen wir in dieser Welt begegnet waren, schien ihre Gestalt sich nicht zu verändern und zu verschwimmen. Ihre unveränderlichen Formen waren ein Ausdruck offensichtlicher Selbstsicherheit. Auf jedem Kopf saß eine Krone, denn jeder hier war seinem eigenen Ermessen nach ein König.

Als wir tiefer in Savars Lande eindrangen, kamen wir an einen großen See aus schwarzroter Flüssigkeit, die eine fürchterliche Hitze abstrahlte. Die blubbernde Oberfläche wurde durch eine Reihe von Buckeln durchbrochen. Von nahem realisierte ich, dass es sich um Köpfe handelte, beinahe unsichtbar im Dampf, ihre Züge in stillem Schmerz verzerrt. Als ich mich konzentrierte, konnte ich ihre spitzen Ohren, ihr wallendes Haar und ihre bleichen Augen ausmachen, die feinen Wangenknochen und bleiche Haut entstellt von Pein.

Als er meinen forschenden Blick bemerkte, schloss der Verräter sich mir am Rande der Lagune an und lächelte höhnisch auf die Szene zu unseren Füßen hinab.

"Einst sahen sie ihr Blut als Zeichen ihres hohen Standes. Ich nehme an, dass ihnen die Ironie ihrer Lage entgeht. Savars Humor ist nie zu Gunsten des Betroffenen.

Es gibt manche von ihnen, die sogar bestreiten, dass Elfen überhaupt beeinflusst werden können. Torheit. Jedes Lebewesen hat Begierden, und die Begierde ist das Tor, durch welches die Dunklen Götter eintreten."

Als ich über seine Worte nachdachte, kamen mir die vielen Seelen des Abgrundes in den Sinn. Offensichtlich hatte die Menschheit hier ihren Platz. Aber obwohl die sogenannten Älteren Völker oft über menschliche Schwäche reden, sind sie keinesfalls immun gegen das Versprechen von Macht. Während meinen Reisen hatte ich Elfen gesehen, zusammen mit Zwergen, Ogern, Bestien, Orks und aller Art anderen Kreaturen. Alle hatten sie sich den Dunklen Göttern verschworen und mit ihrem Tod war diese Schuld eingetrieben worden.

Als ich gedankenverloren weiterlief überhörte ich beinahe das leise Flüstern meines Namens. Als ich mich umsah, fand ich mich in einem Wald von Statuen wieder, jede herrlicher als die andere. Dies waren keine schmeichelnden Eindrücke eines Künstlers; jeder Defekt, jede Unvollkommenheit war perfekt dargestellt. Ich erkannte sofort ein vertrautes Gesicht, aber nicht eines, von dem ich je gedacht hätte, dass ich es in Marmor dargestellt sehen würde. Glauco Carbo war ein Bankier gewesen, aus einem Geschlecht so alt wie Pontefreddo selbst. Seine Familie erhob Anspruch darauf, die erste Goldmünze geprägt zu haben, die in ganz Vetia anerkannt wurde. Aber als das Vermögen der Carbos verschwand und Glauco Münzen verfälschte, um den Anstand von Wohlstand aufrechtzuerhalten, war ihr Ruf für immer ruiniert.

Als ich die Statue studierte, brauchte ich eine Weile, um zu bemerken, was an ihr fehl am Platz gewirkt hatte. Erst als sie blinzelten, erkannte ich die Augen des Glauco, den ich vor vielen Jahren gekannt hatte. Aus dem offenen Mund des Abbildes kam die leise Stimme, die ich zuvor gehört hatte, kaum auszumachen, aber deutlich flehend.

"Nazario… du kannst dich frei bewegen, da wo ich nie erwartet hätte, ein vertrautes Gesicht zu sehen. Bitte sag mir… hat meine Familie noch immer Ämter inne? Erinnert man sich an meinen Namen? Meine Münzen, sind sie noch immer im Umlauf?"

Als ich zögerte, weiteten sich seine Augen. Dies war der einzige Ausdruck, den ihm seine Lage erlaubte.

"Wenn du zurückkehrst, bitte, sage meiner Familie, dass ich dies alles nur für sie getan hatte. Und bitte sie, von mir zu sprechen, so dass ich meinen Platz in der Großen Halle einnehmen kann. Ich bitte dich, lass meinen Namen nicht in Vergessenheit geraten…"

Mit einem Krachen stürzte die Statue zu Boden, umgestossen von der gepanzerten Schulter des Verräters. Ein grausames Lächeln spielte über seine Lippen, als er über den ehemaligen Bankier und sein Werk nachdachte. Er führte mich voran und wir gingen weiter auf die Grenzen von Savars Kreis zu.

"Manche Seelen bewahren einen Anschein ihrer Würde und Identität. Andere, wie dieser

flennende Wurm, sind nur Schatten. Kein Wunder, haben sie nie die Prüfungen eines Kriegers bestanden. Der Aufstieg wartet auf jene mit eisernem Willen, und viele, die sich für mächtig halten, sind nur eine Niederlage entfernt davon, zusammenzubrechen."

Ich dachte weiterhin über den Fall einer Dynastie nach, und eine Frage ging mir durch den Kopf. Was für Niederlagen hatte der Verräter erduldet? Was hatte ihn zu dieser Lage geführt, durch die Kreise des Abgrundes zu reisen, wo alle ihn zu kennen schienen? Er blieb mir ein Mysterium, aber eines, das ich aufdecken wollte.

VII

Der Schwarze Wind, Eis und Feuer, Verlockende Falle

Als wir Cibareshs Kreis betraten, wurden wir in eine Dunkelheit gestürzt, die uns einhüllte und wie Satin um uns schmiegte. Ein schwarzer Wind wirbelte um uns und brachte ekstatisches und schmerzerfülltes Stöhnen mit sich. Die Kälte war wie die ausgestreckte Hand des Todes.

Als wir vorwärts stolperten, kamen wir aus der Düsternis in eine Landschaft, die in Purpur und Rot getaucht war. Ein Dunst hing in der Luft und mit jedem Atemzug fühlte ich mich benommen. Mein Geist sprang von einem Gedanken zum nächsten und die Zeit schien verzerrt und verbogen.

In meinem Rausch wandte ich mich vom Pfad ab und den nebligen, verschwommenen Schemen in der düsteren Ferne zu. Sie verdrehten sich in verwirrende, aber verführende Formen, sie lockten und stichelten, immer außer Reichweite, aber immer nah genug um sie anzufassen.

Ein stechender Schmerz in meiner Schulter brachte einen Anschein von Realität zu mir zurück, als ich von einem stählernen Panzerhandschuh gepackt wurde. Meine zögernden Finger streckten sich für eine letzte Chance aus, die nebligen Freier zu berühren, aber der eiserne Griff des Verräters zerrte mich zurück. Später kamen wir an einen Ort, an dem die Luft klarer war und meine Konzentration zurückkehrte, während ich gegen eine eiskalte Oberfläche gedrückt wurde. Mein Retter trat zurück und schüttelte seinen Kopf über meine Desorientiertheit. Ein herzloses Lächeln war auf seinen Lippen, als er über meine Schulter blickte.

Ich drehte mich um und sprang auf, als ich erkannte, dass die kalte Oberfläche ein Eisblock war, klar genug, dass ich darin nackte Körper erkennen konnte. Jede nackte Gestalt war in eine erotische Position verrenkt, nur wenige Zoll voneinander entfernt, aber unbeweglich. Die Hitze ihrer Leidenschaft war auf ewig erkaltet. Ich wusste, ohne Beweise zu benötigen, dass jede Seele noch immer bei Bewusstsein war und ihre missliche Lage erkannte. Ich erschauderte, sowohl von der kalten Luft als auch der Qual unerfüllter Sehnsucht.

Als wir weiter durch diese berauschende Sphäre gingen, sah ich mich mit unzähligen Ausschweifungen konfrontiert. Unzucht in jeder denkbaren Kombination, Schmerzen und Lust zur Schau gestellt; aber nie das Eine ohne das Andere. Die abscheuliche Ausstellung nutze meine Sinne ab, bis ich der endlosen Parade von Fleisch ungerührt entgegenblickte.

Sobald wir die äußeren Bereiche dieses Kreises erreichten, fühlte ich mich wie betrunken. Mein Blick war verschwommen und der Weg schien vor meinen Augen zu wackeln. Nie hatte ich mich so verunsichert gefühlt, welchen Pfad ich einschlagen sollte. Erst, als wir endlich entkamen, klärte sich mein Geist. Cibaresh präsentiert keinen Genuss ohne Zweck. In seiner Domäne enden jene, deren Verpflichtungen nicht erfüllt werden. Jene, denen die Willenskraft fehlt, die Versuchungen vor ihnen zu ergreifen und die Welt ihren Wünschen unterzuordnen.

Durch die Durchquerung dieser Ebene der Verlockung hatte ich - zumindest mir selbst - bewiesen, dass ich die Entschlossenheit besaß, diese Reise zu beenden. Noch immer war ich mir nicht sicher, wie sie enden würde, aber ich wusste mit großer Sicherheit, dass meine Zeit in den Unsterblichen Reichen beschränkt war und ich nicht zu lange bleiben sollte. Ich konnte nur hoffen, dass ich einen kleinen Teil der Macht, die mich umgab, zurückbringen konnte. Sogar der kleinste Splitter würde mich weit über meine Rivalen erheben.

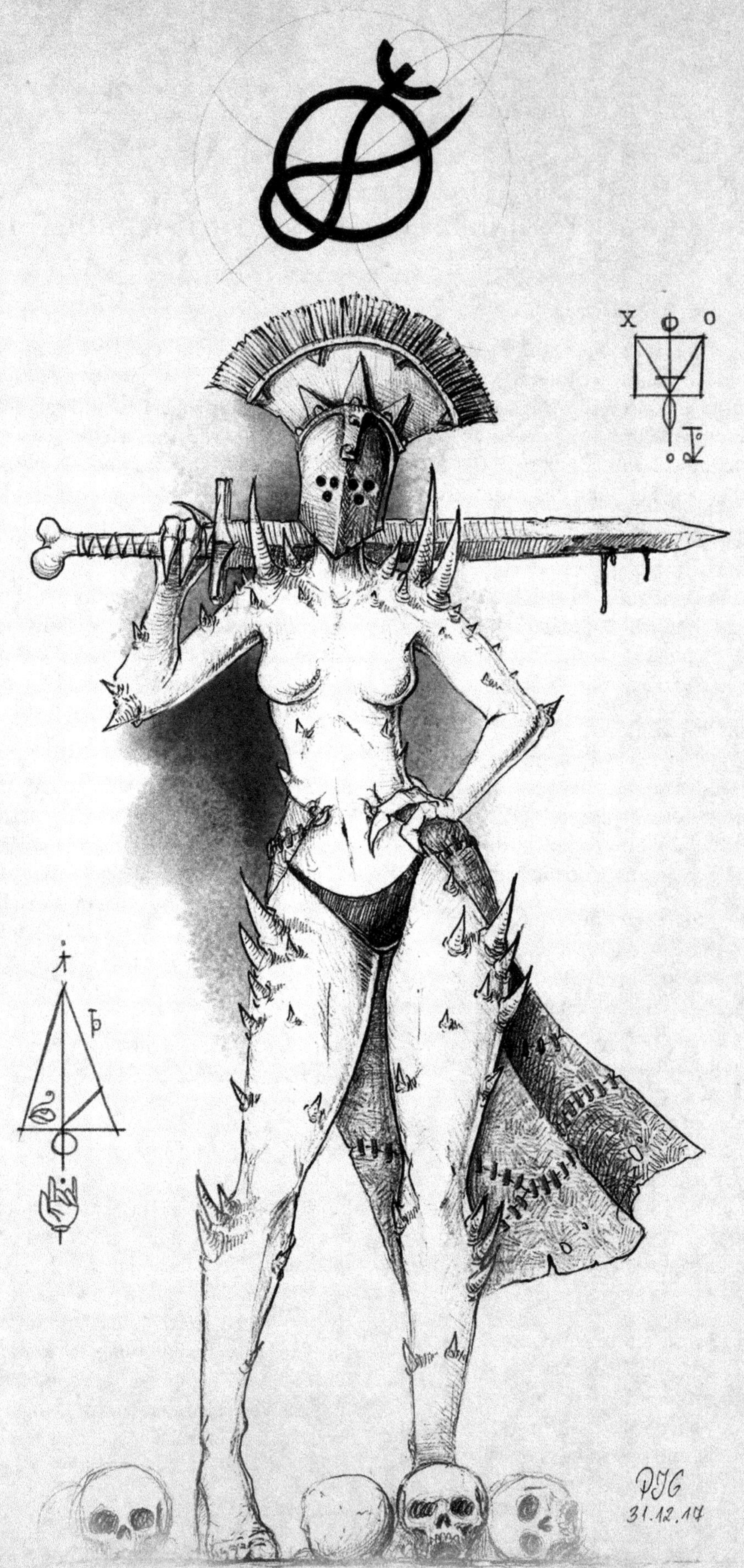

VIII

Der Weg versperrt, der Leuchtturm, die Schlunde der Hölle

Den Kreis von Vanadra zu betreten fühlte sich an, wie in einen Schmelzofen zu treten. Die Luft brannte auf der Haut und egal in welche Richtung ich mich drehte, fand ich keine Erleichterung. Ich fühlte, wie meine Hände sich unfreiwillig zu Fäusten ballten, mein Kiefer und Nacken sich verkrampften. Beim ersten Anschein von Bewegung hinter mir drehte ich mich zu dem Verräter um, meine Fäuste erhoben.

Für einen langen Augenblick schien er überrascht, dann brach er abrupt in dröhnendes Gelächter aus - ein hartes, kratzendes Geräusch - und stolperte vorwärts mit einer Hand an seiner Brust. Er schnappte nach Luft, scheinbar unbeeinträchtigt von der Hitze, der ich nicht entgehen konnte, bevor er seine Stimme wiederfand.

"Wer hätte es gedacht, der Milchbart zeigt seine Zähne! Beinahe hätte ich geglaubt, dass du mich schlagen würdest… Trotzdem, ich denke, dass ich von allen Leuten wissen sollte, dass niemand sicher ist."

Damit wurde er wieder still, in seinen eigenen Tagträumen verloren, einen abwesenden Blick in seinen Augen. Ich betrachtete meine Umgebung; tat alles, um den Spott meines Mentors zu vergessen. Weit in der Ferne, soweit man das beurteilen konnte, stand ein hoher Turm mit lodernden Leuchtfeuern an der Spitze. Und hinter dem Turm bewegte sich eine Gestalt. Eine unmögliche Gestalt…

Völlig unbewusst begannen meine Füße, sich auf die gewaltige Zinne zuzubewegen. Kies knirschte unter meinen Füßen, doch ich hatte noch nie solchen Kies gesehen: bleich, weißlich, abgerundet, aber mit scharfen Bruchstellen. Ich weigerte mich, weiter über ihre Ursprünge nachzudenken und entschied mich stattdessen, meinen Blick auf mein Ziel zu richten und darauf zu vertrauen, dass meine Füße ihren eigenen Weg finden würden.

Ich schritt durch einen Torbogen, als ich hinter mir die Schritte des Verräters hörte, der zu mir aufschloss. Hätte ich besser auf meine Umgebung geachtet, wären mir die Bewohner aufgefallen, die den Eingang aus dunkelrotem Stein bemannten. Ich hörte das Klirren von Metall hinter mir, als ein Fallgatter aus Messing und Eisen den Torbogen versperrte. Hinter dem Gatter stand der Verräter, so ungerührt wie immer. Aber sein Gesichtsausdruck zeigte Abscheu, Zorn und etwas anderes… etwas, das vielleicht Beunruhigung war.

Das Nächste, was ich sah, als ich dem Blick meines wortkargen Gefährten folgte, waren die Kreaturen, die die Festungsmauern bemannten. Kleine fauchende Wesen, mit Klauen, die tiefe Kerben im Stein hinterließen. Sie knurrten und bellten den Kriegern unter ihnen an. Zwischen ihren kehligen Ausrufen konnte ich Sprachfetzen ausmachen, die zwischen scharfen Zähnen ausgestossen wurden.

"Betrüger", "Treulos", "Zerreiße dich", "Vanadra wird dich haben", "Verräter", "Bald", "Gib deine Seele", "Nie gehen", "Dein Verrat heimgezahlt".

Als ihre Schreie anschwollen, schloss sich ihnen auf den Zinnen ein eindrücklicheres Wesen an, eine überwältigende Masse aus Bronze in Gestalt einer großen Bestie. Als es sich der Brüstung näherte, verstummten die kleineren Dämonen und wichen zur Seite aus. Es sprang über die Zinnen und landete wuchtig auf meiner Seite des Tors, dem Verräter zugewandt. Seine Stimme rang wie eine Glocke, voll und hallend.

"Du hättest nicht kommen sollen, Verräter. Du kennst das Schicksal deiner Art. Früher oder Später bekommt Vanadra immer, was ihr gehört. Dein Weg ist versperrt, vorwärts und zurück. Die Widersacherin treibt ihre Schulden ein."

Seine Worte schienen wirkungslos zu verhallen. Der Krieger verschränkte seine Arme und schien nachzudenken.

"Jorguuk, oder?" Der Verräter grinste, als der Dämon vor dem Namen zurückschreckte. "Ich vergesse niemals eine Aura. Offen gesagt, bin ich im Auftrag von Ihm, der über uns beiden steht, sogar über deiner Herrin. Denkst du, ich würde in dieses... Drecksloch kommen, wenn ich nicht einen guten Grund hätte? Öffne dieses Tor, oder verliere ihre Gunst."

Ich schaute stumm zu, als Jorguuks Gestalt sich mehrmals veränderte, jedes Mal größer wurde, sich vorwärts krümmte, ein gepanzerter Riese bereit zum Angriff. Gerade, als ich dachte, dass Gewalt unvermeidbar war, ließ er nach. Wortlos verwandelte sich der Dämon in seine vorherige Gestalt zurück und flüchtete. Über uns zerstob die plappernde Horde in alle Richtungen und wir waren wieder unter uns.

Mit einem verärgerten Grunzen stemmte mein Begleiter nach oben und schritt durch das Tor, bevor es wieder niederkrachte.

"Die Realität kann in diesem Reich durch Willenskraft verändert werden, aber der sterbliche Geist sieht immer noch, was er erwartet. Auch nach Jahrhunderten in dieser Welt. Eines Tages werde ich diesen Ort verändern, so wie es die Mächtigsten tun. Vielleicht schon bald."

Als wir weiterreisten, betrachtete ich den Mann neben mir noch einmal. Seine Haltung war die eines Anführers, eines Herrschers, jemand, der Respekt fordert. Es fiel mir schwer, dies mit seinem Treueeid an Kuulima in Einklang zu bringen. Was für eine Art Person oder Ding hatte diesen Mann zum Neid getrieben? Aber irgendetwas hatte ihn

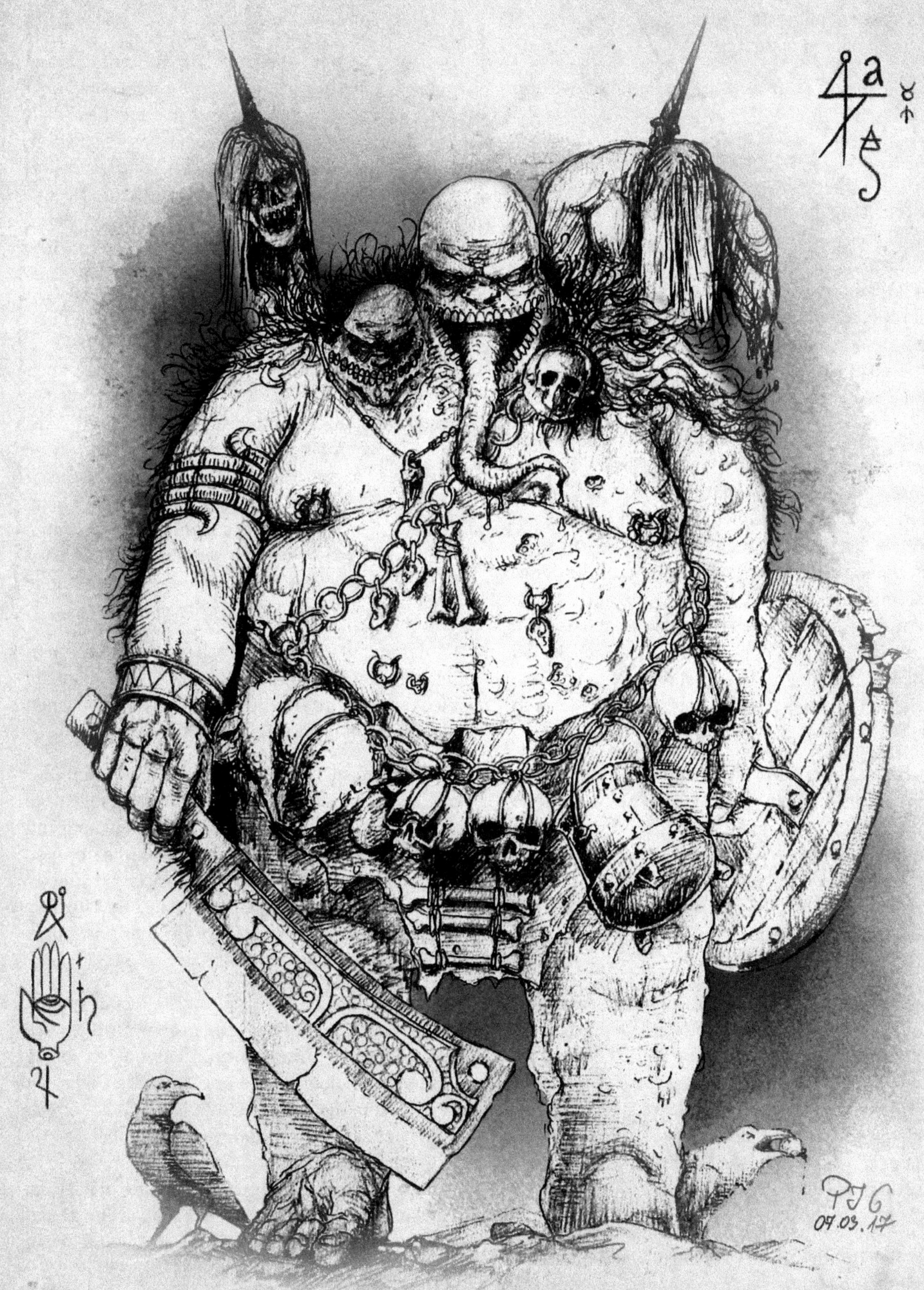

dazu getrieben, diesen Eid zu schwören und sich der Herrin der Fliegen zu verschreiben. Ich spürte, dass ich nicht mehr viel Zeit hatte, um dieses Rätsel zu lösen. Wieder sprach er:

"Die Feste von Dal-Magoth. Nun kommen wir ans Ende."

Als ob die Distanz zwischen uns verschwunden wäre, standen wir vor dem Turm, den ich von Weitem erspäht hatte. Rund um den mächtigen Rumpf aus Stein - Vanadras sagenhafte Hochburg - führte eine Treppe in scheinbar endlosen Windungen nach oben. Aber ich konnte kaum einen Gedanken an einen Ausweg verschwenden, denn mein Blick wurde unweigerlich auf den Schatten einer kolossalen Gestalt gezogen, die vom Boden in die Dunkelheit weit über uns hinaufragte.

Ich kann mich heute kaum an dieses fürchterliche Wesen erinnern. Als ob ich ein Buch in einer Stunde gelesen oder versucht hätte, Wasser in meinen Händen zu halten, entgleitet mir die Erinnerung. Größe zeigt vielleicht nicht die ganze Macht eines Dämonen, aber einen ganzen Kreis der Hölle derart zu dominieren wie es diese Wesenheit tat, das war ehrfurchtgebietend. Das geringste Anzeichen der Spitze einer Klaue, dem Ende eines Stachels, der vielleicht zu einem Flügel gehörte. Mehr als das ist jenseits meiner Erinnerung, vielleicht jenseits meiner Vernunft.

Doch ein Detail wird für immer in meine Psyche eingebrannt bleiben. Drei Mäuler, Seite an Seite, klaffend und unausweichlich. Enorm, aber beengend. Und in den Schlunden an beiden Enden wanden sich verkrümmte Gestalten. Was für eine Pein auch immer sie dort festhielt war ohne Ende oder Änderung, unendliche Tortur.

Das mittlere Maul war leer, ein hohler, gähnender Abgrund, der nach einem Insassen drängte. Als ich wieder zu Sinnen kam, wurde mir klar, dass ich nicht der Einzige war, der auf die Szene vor uns fixiert war. Neben mir starrte der Verräter, und sein Gesicht zeigte eine Furcht, von der ich nicht geglaubt hätte, dass er dazu fähig war. Echte Furcht: Was er da sah, erschütterte seine normalerweise gewaltige Zuversicht.

In diesem Moment, als alle Aufmerksamkeit auf den Behemoth vor uns gerichtet war, bemerkten weder mein Mentor noch ich, dass sich uns jemand angeschlossen hatte. Als Jorguuk sprach, sprangen wir in seine Richtung und das Schwert des Verräters sprang blitzschnell aus seiner Scheide.

"Du siehst es nun, oder nicht? Dein Ende? Dieser ganze Ort existiert nur, um die Treuelosen zu bestrafen. Aber die, welche ihr eigenes Volk betrügen, erwartet ein spezielles Schicksal. Erkennst du die anderen? Dort ist Pontifex Ursino Del Mastro, der die Tore Avras' für Gaius Dexion geöffnet hat. Und dort, auf der anderen Seite: Sturd, der Goblinhäuptling, der den Großen Ork des Goldenen Zeitalters im Stich gelassen hat. Aber es ist noch ein Platz frei für dich, das Kronjuwel der Sammlung."

"Du bist nicht Vanadra verschworen. Doch auch jene erbärmlichen Wesen waren es nicht. Als ihre Schuld abgearbeitet war und ihre Meister ihre Seelen einforderten - denkst du, irgendwer würde es wagen, meiner Herrin Ihren Wunsch abzusprechen? Der Preis mag hoch gewesen sein, aber Sie legt höchsten Wert auf berühmte Verräter. Früher oder später, wenn der Tod dich findet, wird Sie auf dich warten. Und ich werde frohlocken, wenn sie dich verschlingt."

Als der Bann endlich gebrochen war, raffte mein Gefährte sich auf und schritt zur Tat. Er schubste mich in Richtung Treppe und stellte sich zwischen mich und den bronzenen Dämon.

"Noch bin ich nicht tot, Jorguuk. Ein ganzes Zeitalter lang haben andere versucht, mich zu erledigen. Sie alle versagten. Meine Heimkehr in den Abgrund wird ein Triumph sein. Die Rechenschaft naht, aber nicht du und auch nicht deine Herrin sind es, die mich richten werden. Sage deiner Herrin, dass sie mich heute nicht haben wird - und wenn es nach mir geht, dann niemals!"

Mit diesen Worten stürmten wir die Treppe hinauf. Hinter uns erschütterte ein großes Brüllen des Zorns den Stein unter unseren Füssen. Ich schlug meine Hände über meine Ohren, um den Schmerz zu dämpfen, der in meinen Schläfen pochte. Wir hielten unser Tempo und, für eine unbestimmte Zeit war alles, was ich wahrnahm, nur Schritt um Schritt. Endlich wurde es vor uns heller und wir kamen an das Ende dieser langen Reise und kehrten in eine Welt zurück, die ich nie mehr auf dieselbe Weise sehen würde.

IX

Nazario kehrt nach Vetia zurück, der Verräter demaskiert

Nach einem endlosen Aufstieg kam ich an dem Hang wieder zu Tage, auf dem ich eingeschlafen war. Eine grüne Wiese unter meinen Füßen, ein klarer blauer Himmel über mir, ein kühler Wind auf meinen Wangen und der Klang von Vogelsang in meinen Ohren. Dies war ein wahrhaft idyllischer Ort. Aber was mir hauptsächlich auffiel, war, wie gewöhnlich alles um mich herum war. Schön, aber vorhersehbar, lebhaft aber farblos. Wenn ich wegsah und dann wieder zurück, war alles wie es war - nichts hatte sich verändert. Sogar die im Winde wehenden Grashalme waren wie steifgefroren im Vergleich zu der Welt, die ich hinter mir gelassen hatte.

Schwere Schritte hinter mir erinnerten mich daran, dass ich nicht alleine in dieser starren Landschaft war. Der Verräter blickte unbeeindruckt unsere Umgebung an, sichtlich ungerührt von dem Übergang, den er schon oft erlebt haben musste. Und doch stand er mit seinem Gesicht erhoben, die kühle Luft genießend. Ich dachte, dass er mich unverzüglich verlassen würde, aber er zögerte. Als er sprach, war ein tiefes Verlangen in seiner Stimme, das mich überraschte, so sehr hatte ich mich an seine Gefühllosigkeit gewöhnt.

"Vetia. Es ist lange her, dass ich ihre Luft geatmet habe. Jahrhundertelang habe ich meine Rückkehr in dieses Land aufgeschoben, dass mich verbannt hatte. Aber die Zeit meiner Prüfung naht. Komme, was wolle, die Welt wird sich an meinen Namen erinnern. Die Askaren werden sich an ihren Vorfahren erinnern. Der Sonnentöter wird zurückkehren."

Und damit wurde der letzte Teil des Rätsels aufgedeckt. Ich kannte die Identität meines Mentors, und die Ehre, die mir erwiesen wurde. In meinem Kopf begann ich schon die vielen Geschichten zu schreiben, die ich erzählen würde. Dieser Text war nur der erste von vielen. Ich dachte, dass dieser Moment nach einem Ritual verlangte.

"Verräter. Ich danke Euch für Eure Führung auf meiner Reise. Nun verstehe ich den Weg, den der Vater für mich ausgesucht hat. Ich werde die Geschichte seiner Herrlichkeit verbreiten, und andere motivieren, sich seinen Rängen anzuschließen. Und jede Seele, die sich seinem Zweck verschreibt wird Eure Legende kennen. Ich wünsche Euch Glück bei den Herausforderungen, die vor Euch liegen."

Der Verräter sah mich lange an, bevor er mit einem Schnauben die Stille brach.

"Der Vater bewahre mich vor Dichtern. Nun dann, Nazario. Auch ich wünsche dir ein gutes Gelingen! Wahrhaftig erstaunt es mich, dass du diese Reise überlebt hast; du beweist, dass du den Willen hast zu wachsen und zu gedeihen. Merke dir die Lektionen unserer Reise und sprich mit jenen von unserer Sache, die die Stärke haben, uns zu hören."

Und mit diesen Worten schritt er davon, und noch bevor er hätte in der Distanz verschwinden sollen, konnte ich keine Spur mehr von ihm ausmachen. Ich raffte mich auf und bereitete mich auf den Marsch zurück nach Pontefreddo vor. Ich hatte nun einen Zweck, eine Sache, der ich mich verschrieben hatte. Und ich hatte einen Verbündeten, oder zumindest einen Gefährten. Wenn Ihr das nächste Mal den Namen des Verräters hört, wird er mit großen Taten verbunden sein. Die Prüfungen des Vaters sind selten trivial, und die seinen werden die ganze Welt erschüttern.